LA GARRA

A LA
ORILLA
DEL VIENTO

LA GARRA

PAUL JENNINGS

ilustrado por

MAURICIO GÓMEZ MORIN

traducción

ERNESTINA LOYO

FONDO
DE CULTURA
ECONÓMICA

Primera edición en inglés,   1989
Primera edición en español,   1997
    Sexta reimpresión,   2009

Jennings, Paul
    La garra / Paul Jennings ; ilus. de Mauricio Gómez
Morin ; trad. de Ernestina Loyo. — México : FCE,
1997.
    45 p. : ilus. ; 19 × 15 cm — (Colec. A la Orilla del
Viento)
    Título original The Paw Thing
    ISBN 978-968-16-5432-0

    1. Literatura infantil I. Gómez Morin, Mauricio, il.
II. Loyo, Ernestina, tr. III. Ser. IV. t.

LC PZ7   Dewey 808.068 J765g

Distribución mundial

© 1989, Paul Jennings
© 1996, Penguin Books Australia (Pty) Ltd
Título original: *The Paw Thing*

D. R. © 1997, Fondo de Cultura Económica
Carretera Picacho Ajusco 227; 14738 México, D. F.
www.fondodeculturaeconomica.com
Empresa certificada ISO 9001: 2000

Editor: Daniel Goldin
Diseño: Joaquín Sierra Escalante, sobre una maqueta
    original de Juan Arroyo
Rediseño de portada: Fabiano Durand
Dirección artística: Mauricio Gómez Morin

Comentarios: librosparaninos@fondodeculturaeconomica.com
Tel. (55)5449-1871. Fax. (55)5449-1873

ISBN 978-968-16-5432-0

Impreso en México • *Printed in Mexico*

❖ NUNCA lo hubieras sabido por los periódicos.

En su negocio, *Mayor Mac: Pollo frito para llevar*,
tenía una gata que no podía atrapar ratones. Corría tras
ellos. Les saltaba encima. Ponía todo su empeño, pero la
pobre simplemente no podía cazar un ratón. Ni uno.

La gata se llamaba Pocantante.

—Es la peor cazadora del mundo —dijo Mac—. No sé
por qué la conservo. —Por la manera en que se expresó
sonaba como si a Mac no le gustara la gata. Me dio
lástima pero no dije nada porque era mi primer día de
trabajo en Mayor Mac. Era difícil conseguir trabajo para
después del horario de clases y no deseaba ser despedido.

Nunca antes había oído hablar de alguna gata llamada Pocantante. Más tarde supe cómo se había ganado el nombre. Al parecer Mac tenía una pequeña radio de transistores, en verdad diminuta. Como de la mitad del tamaño de una caja de cerillos. Un día Mac cambió la estación después de haber estado cortando pescado, la gata percibió el olor y comenzó a lamer el aparato. Antes de que Mac siquiera parpadeara la gata ya se lo había tragado.

Al principio Mac se enfadó con la gata. La zarandeó tratando de que tosiera el aparato, pero no pasó nada. No lo echó fuera. Luego escuchó algo extraño. Música. Salía por la boca de la gata. Mac sonrió perversamente. Sentó en la silla a la gata con la boca abierta para poder escuchar la radio. A partir de ese día la pobre gata debió sentarse al lado de Mac con las fauces abiertas. Los sábados Mac se ponía a escuchar el futbol. Por las mañanas oía las noticias a las siete. Los domingos, la gata estaba sintonizada en los éxitos del momento.

Todo el mundo le encontró la gracia. Menos la gata. Tenía que seguir a Mac por todas partes con la boca abierta para que hubiera música por donde él anduviera.

Pero un día cesó la música .

—Rayos —dijo Mac y sacudió a la gata—, se acabó la pila. —En ese mismo instante escuchó una melodía desde el exterior. Dejó a la pobre gata en el piso y salió por la puerta. La música provenía de la caja de arena de la gata. Ahí en la caja había un trocito rectangular de po de gato. El aparato de radio estaba en la po. La po de gata cantaba una canción llamada "Libérame, déjame ir".

Mac estaba molesto. Recogió la po cantante y la echó por el excusado.

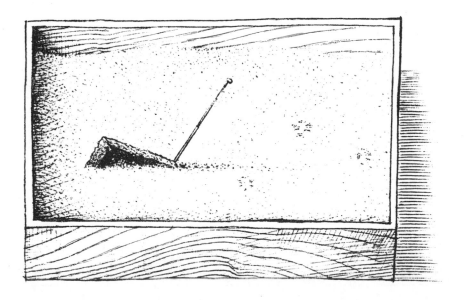

Y así es como la gata fue llamada Pocantante.

Cada noche la gata tomaba su té en un tazón desportillado. El tazón tenía escrito *Pocantante* con grandes letras en un lado. Mac apenas le servía. No cuidaba de la gata apropiadamente. Estaba enojado con ella porque ya no tocaba melodías y no podía cazar ratones. A veces, cuando Mac no estaba mirando yo le echaba trocitos de pollo frito a Pocantante. Ella me miraba casi sonriendo. Luego devoraba el pollo tan rápido como podía.

Lo único que Mac le daba eran picos y patas crudos.

—No se gana el sustento —decía Mac—. Si cazara ratones le daría un muslo o dos. La mantengo hambrienta. Así por lo menos se esforzará.

En mi primer día de trabajo, Mac me enseñó la parte
delantera del negocio. Allí los clientes hacían fila.

—Scott, tú te pones aquí —dijo Mac—. Tomas la
orden del cliente y la repites por este micrófono. Yo
estaré atrás empacando el pollo en cajas. Cuando termine
cada una, la empujaré por esta ventanita. Tú se la entregas
al cliente y le cobras. Me llevó a la parte trasera y me
enseñó dónde se cocinaban los pollos. Había grandes

hornos y charolas para freír pollo. También había una cámara refrigerada donde se conservaban las hornadas de pollos frescos. En una de las paredes había una caja fuerte con un cerrojo de combinación al frente.

—¿Es para el dinero? —le pregunté a Mac.

—No —replicó. Abrió la caja y sacó un libro negro. En la portada decía:

La receta secreta
del Mayor Mac
para pollo frito
de cincuenta
diferentes eructos
y especias

A nadie —dijo Mac con voz ronca— se le permite tocar este libro. A nadie. —Bajó la voz y miró a su alrededor—. Hay gente que pagaría una fortuna por el contenido de este libro. Los clientes acuden de varios kilómetros a la redonda por mi pollo frito especial. Van a inaugurar un nuevo lugar de pollo al otro lado del pueblo, se llama *El Gallo Muerto*. Si consiguen mi receta secreta estaremos arruinados. —Guardó el libro de vuelta en la caja fuerte.

—Cuando el libro esté abierto —continuó—, tú te quedas allá en el frente. Nadie entra en la cocina cuando el libro está abierto, Scott. —Luego dijo algo extraño, muy extraño. Señaló a Pocantante—. Tú también, gata, te mantienes alejada del libro. Nadie más que yo lee la receta secreta. —Miró a Pocantante como si realmente pensara que la gata podía leer el libro.

Bueno, las cosas marcharon bien durante casi un mes. Aprendí el manejo de la caja y a tomar las órdenes. Siempre que el libro estaba abierto yo me quedaba fuera de la cocina. No quería que Mac pensara que yo estaba tratando de husmear su receta secreta.

Mac era un poco raro, pero tenía razón en una cosa. Su pollo frito era en verdad popular. La gente lo compraba por tonel. Les encantaba. Yo estaba exhausto tratando de atender a la multitud hambrienta que llegaba cada noche.

Pero la pobre Pocantante se ponía cada vez más flaca. Yo trataba de arrojarle una ala de pollo cuando Mac no observaba, pero eso no era muy seguido.

—Picos y patas —decía Mac—. Eso es todo lo que le toca hasta que comience a atrapar ratones. Abundan más cada día.

Sí, había más ratones. Al principio veía algún ratón ocasionalmente detrás de los tambos de basura. Después de un tiempo sin embargo, se volvieron más frescos y descarados. Osaban correr por el piso entre los pies de los clientes. Una señora gritó mientras un ratón pasaba sobre su zapato. Salió disparada del lugar gritando sobre traer al inspector de salud.

—Gata inútil —gritó Mac—. A partir de ahora sólo

tendrás picos. No más patas. A ver si eso te ayuda a correr un poco más rápido.

Pocantante alzó la vista y me miró con ojos tristes. Era puro hueso y pellejo. Parecía como si pidiera mi ayuda pero yo nada podía hacer. Mac era el jefe. A medida que enflacaba, Pocantante corría más lento. Era difícil que algún día fuera a cazar un ratón. Y cada vez que yo observaba, encontraba más y más de ellos.

Entonces llegó el día fatídico. *El Gallo Muerto* abrió por primera vez. Había un gran anuncio en el periódico local. Estaban vendiendo su pollo frito a precios especiales muy bajos.

—Tratan de robarnos nuestros clientes —gimoteó Mac. Me dio cinco dólares—. Ve allá y compra un poco de su pollo. Tráelo de vuelta y comprobaré si es algo bueno.

Pedalee hacia *El Gallo Muerto* y me formé en la fila. Compré una cajita feliz y se la llevé a Mac. Abrió la caja y olfateó. Luego tomó una ala y le dio una probadita.

Se chupeteó los labios. Le dio otro mordisco y lo masticó lentamente con los ojos cerrados. Noté que su cara se empezó a poner colorada. Abrió los ojos y miró a su alrededor con ira.

—Está delicioso —gritó—. Es igual al mío. Es mi receta secreta de cincuenta eructos y especias. Se robaron nuestra receta. Rateros inmundos. Malvados. Alguien les dio nuestra receta.

—Me clavó sus ojos acusadores.

—No me mire a mí —le dije—. Yo no les dije la receta secreta. No quiero que vaya a la quiebra. Me quedaría sin trabajo si eso sucediera. Nunca he tocado su libro.

Mac habló pausadamente.

—Tienes razón —dijo. Caminó hacia la caja fuerte y la abrió. Luego sacó el libro y pasó las hojas con el dedo. Una página había sido arrancada.

—¡Ajajajá! —gritó—. Tal como lo pensé. —Apuntó un dedo largo y delgado a Pocantante—. Tú eres la culpable. Tú eres quien les dio la receta.

Pocantante se arrastró hacia el rincón. Estaba asustada por todo el griterío.

Mac había perdido el control. Pensó que la gata había arrancado la página con su boca.

—No sea ridículo —le dije—. Los gatos no pueden leer. No sabría cuál página llevarse.

—Mira esto —gritó Mac. Puso el libro frente a mi nariz y señaló un manchón en la esquina de la primera página—. Una huella de garra. Una huella. La gata estuvo en mi libro.

—¿Y eso qué? —dije—. Pocantante probablemente saltó sobre la mesa y pisó el libro. Eso no significa que lo haya leído.

Para entonces Mac estaba tan enojado que escupía mientras vociferaba.

—Te lo digo, Pocantante ha estado leyendo el recetario, lo he sospechado durante semanas. Una noche la vi mirándolo. Y no sólo mirándolo: le dio vuelta a la página con su garra.

Solté la carcajada. No pude evitarlo. La sola idea era extravagante.

—Pocantante se tiene que ir —dijo Mac—. No voy a tener aquí a esa cosa roñosa ni un minuto más. —Sacó veinte dólares de su cartera—. Llévala con el veterinario y que la ponga a dormir.

—¿Cómo que la ponga a dormir?

—Sí, que la desaparezca —gruñó Mac.

No pude creerlo.

—Ella es inocente —dije—. Los gatos no pueden leer.
Alguien más robó su receta secreta. No fue Pocantante.
No haga que la pongan a dormir. Por favor.

Levanté a la gata aterrorizada y la sostuve en mis
brazos.

Mac señaló hacia la puerta.

—Aun si ella no leyó el libro —dijo—, no puede cazar
ratones. No nos sirve. Ve, o estás despedido.

Tomé los veinte dólares y salí por la puerta con Pocantante todavía en mis brazos. Ella temblaba de miedo. Los gatos perciben cuando algo anda mal. Busqué a mi alrededor algún lugar para esconderla. De ningún modo iba yo a llevarla para que la pusieran a dormir.

Del otro lado de la cerca trasera del negocio había un cobertizo abandonado. La dueña era una anciana llamada la señora Griggs. Yo sabía que ella nunca se acercaba al cobertizo porque estaba al final de su jardín. No necesitaba el cobertizo. Salté la barda y dejé a Pocantante en el interior.

—Por lo que más quieras, no empieces a maullar —le dije—. Vendré cada noche y te traeré leche y piernas de pollo.

Me quedé con ella cerca de media hora. Luego cerré la puerta del cobertizo y regresé al negocio de pollos fritos.

Mac no dijo nada cuando regresé. Ni siquiera me pidió el cambio. Yo creo que se sintió culpable por Pocantante.

Cada noche a partir de ésa me escabullía hacia el cobertizo y alimentaba a Pocantante con pollo frito y leche. Ella engordó y engordó.

Sin embargo, las cosas no iban muy bien en el negocio de pollo frito de Mac. Cada día que pasaba llegaban más ratones. Pasábamos muchos apuros para mantenerlos

fuera de la vista. Mac quería evitar que los clientes los vieran. Estaban en los tambos de basura y detrás del refrigerador. Por la noche se deslizaban por el piso justo enfrente de nuestros ojos. Los perseguíamos a escobazos por todas partes, pero ellos ni siquiera se asustaban.

Teníamos cientos de ratoneras. Cada mañana mi trabajo era vaciarlas y tirar los ratones muertos a la basura. Mac inventó una nueva clase de trampa. Trajo una botella vacía de cerveza y puso un pedazo de queso en la punta. Luego colocó la botella de costado con el cuello asomando sobre el borde de la mesa. Untó mantequilla en el cuello de la botella. Abajo, en el piso, había un tambo lleno de agua. Cuando los ratones caminaban por el cuello para coger el queso perdían
el paso y caían dentro del tambo. Por las mañanas llegamos a encontrar hasta doscientos ratones. Realmente era terrible. Y empeoraba.

Un sábado, mientras atendía a los clientes en el mostrador, un hombre calvo regresó con su bollo de pollo. Se había comido casi la mitad. Era un tipo bastante rudo porque me gritó con la boca llena:

—No ordené semillas de ajonjolí en mi bollo —dijo agitando su bollo a medio comer en mi cara.

—Nuestros bollos no tienen ajonjolí —le respondí.

Examinó su bollo cuidadosamente, luego salió a la carrera y escupió lo que había estado comiendo.

—*Arrggg*, guácala —gritó—: cacas de ratón. Cacas asquerosas de ratón en mi bollo. Me la pagarán. Haré que clausuren este lugar. —Corría dando vueltas con las manos en la garganta.

Todos los clientes se fueron. Aprisa.

Afuera había un letrero que decía:

**Lleve
un
bollo de pollo**

Un niño que venía con el hombre calvo fue hacia el letrero y añadió algo. Ahora decía:

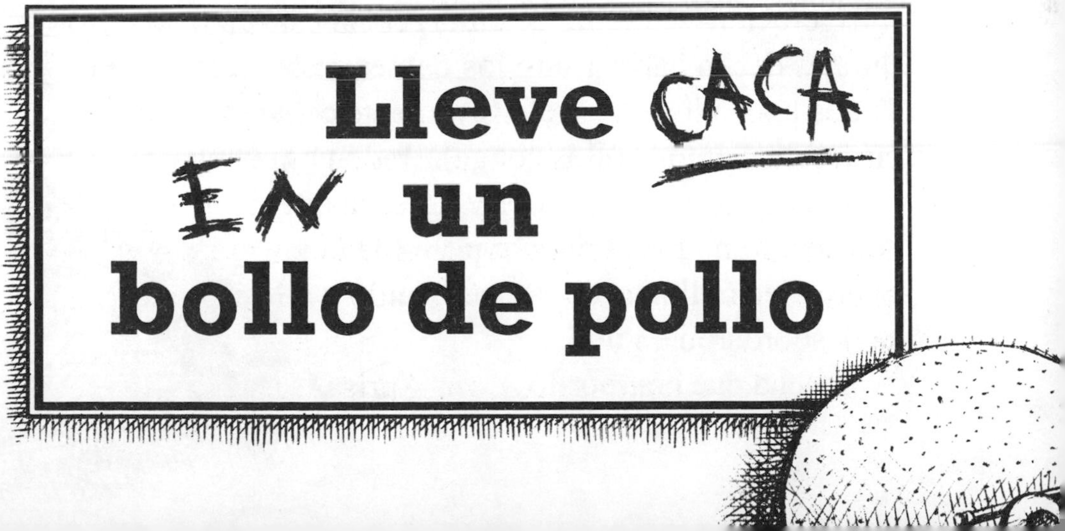

**Lleve CACA
EN un
bollo de pollo**

Al rato se presentó el inspector de salubridad. Echó una mirada a los ratones que corrían por todo el piso y las repisas de la cocina y dijo:

—Este lugar se clausura. No pueden servir comida en un negocio que está infestado de ratones.

Pegó un aviso en la ventana que decía:

"CERRADO POR PLAGA DE RATONES"

Luego saltó a su carro y se alejó.

Mac se agarró la cabeza con las manos.

—Arruinado —se lamentó—. Estoy arruinado. Debemos deshacernos de estos ratones o iremos a la quiebra. —Luego miró hacia la puerta de la cámara de refrigeración—. La luz de emergencia está apagada. Los ratones deben haber roído los cables de la electricidad. Todos los pollos en el refrigerador se echarán a perder. Hay ochocientos pollos congelados en esa cámara.

Se dirigió al refrigerador y abrió la puerta. Ahí dentro no había ningún pollo. Había como diez millones de ratones que se desbordaron en una avalancha que era, por lo menos, tan alta como la cabeza de Mac. Los dos gritamos cuando la ola de ratones nos arrolló. Inundaron la cocina, cubrieron el piso, los bancos, incluso las paredes. Un inmenso río chillón, ondulante, zumbón.

Podía sentir ratones subiendo por mis pantalones. Serpenteaban bajo mi camisa y mi camiseta. Había ratones también en mis calzoncillos. Roían mi ropa. Cabezas de ratones se asomaban por los agujeros que habían comido en mi delantal. Una de las piernas de mi pantalón había desaparecido por completo y la otra estaba por desaparecer.

Podía oír a Mac gritando a toda voz. Se quitaba ratones del cabello mientras se abría paso hacia la puerta entre la marea de ratones que nos llegaba a la rodilla. Le habían comido toda la parte posterior de la camisa.

Yo avancé tan rápido como pude tras él, y ambos salimos disparados resoplando hacia el patio. Pegamos de brincos sacudiéndonos las pestes mordelonas y pisoteándolas. Cuando nos deshicimos de los últimos ratones nos tumbamos en el piso mirando incrédulos el local de pollo frito. A través de la ventana podíamos ver que todo el lugar pululaba de ratones. Era como estar viendo una olla gigante repleta de frijoles saltarines. No sabía que hubiera tantos ratones en el mundo entero.

En ese momento se oyó un delicado "miau" tras la cerca.

—¿Qué fue eso? —preguntó Mac.

—Es Pocantante —respondí.

Mac me miró.

—¿Cómo podría ser? —preguntó, mirándome fijamente con los ojos entrecerrados—. Pocantante está muerta.

—No pude hacerlo, Mac —le dije—. simplemente no pude dejar que la pusieran a dormir. La he estado ocultando en ese cobertizo. —Miré a los millones de ratones—. Hasta Pocantante podría cazar un ratón el día de hoy. Voy por ella.

Salté sobre la cerca y saqué a Pocantante del cobertizo. Luego la llevé a la puerta trasera del negocio de pollos y ahí la solté.

—Anda, acaba con ellos. Pocantante —le dije. Yo medio esperaba que saliera huyendo a toda velocidad. Es decir, ¿qué podía hacer una gata contra millones de ratones?

La respuesta es: bastante.

Pocantante entró en la tienda con la cola levantada. Dio un par de bufidos seguidos que parecieron congelar a los ratones. Cayeron de las paredes y las repisas y se apartaban de ella como una alfombra viviente. Los pastoreó fuera de la cocina, corriendo de un lado a otro, lanzándose, brincando, mordisqueando, pellizcando, bufando. Salieron como hervidero de la tienda y se desbordaron por el camino.

Pocantante esperó a que todos salieran. Tomó un largo

rato, pero al fin todos pasaron por la puerta. Hasta el
último. Un par de millares hizo una maniobra súbita y
trató de volver atrás, pero Pocantante era muy rápida para
ellos. Los cercó y los pastoreó de regreso con la turba.

Mac y yo nos quedamos ahí tragando aire. No
podíamos creerlo. Era increíble.

Los carros en la calle se detuvieron. La gente corrió
hacia las tiendas y cerraron las puertas. Atisbaban por las
ventanas y miraban mientras Pocantante arreaba la plaga
de ratones chillones por la calle principal. Cuando
llegaron al semáforo, la turba de ratones se dividió en dos
grupos y uno se dirigió hacia la carnicería. Tragué aire.
La gata había perdido el control. Como rayo, Pocantante

brincó ligera sobre las espaldas de la rebosante horda y se lanzó sobre ellos una y otra vez, conduciéndolos de regreso con el resto. Me recordó a un perro ovejero pastoreando ovejas en una granja.

Sin siquiera haber maullado correteó a los ratones hacia la playa. Siguieron por la calle principal, pasaron la biblioteca y luego por Pembroke. La horda chillaba y trataba de escurrirse pero no había escape. Pocantante los dirigió por el malecón hasta el borde del muelle. Rodaban y rodaban desordenadamente. Una interminable cascada gris de ratones se precipitaba desde el muelle hasta el mar. Al final, no quedó ninguno. Todos habían desaparecido.

—Preciosa —gritó Mac—. Pequeña joya. Salvaste el día. Pocantante, la felina fabulosa. —La levantó y se la acomodó sobre el hombro. Todo el pueblo se encontraba ahí, festejando y aplaudiendo. La multitud estaba loca de contento. Especialmente el carnicero.

Un fotógrafo del *Standard* tomó fotos. Todo el mundo quería acariciar y dar palmaditas a Pocantante.

Después de mucho rato regresamos a la tienda.

—De ahora en adelante —dijo Mac—. Esta gata tiene lo mejor de todo. Y lo primero que voy a hacer es darle un buen banquete. ¿Dónde está su tazón?

—En el cobertizo —respondí.

Saltamos la cerca y entramos al cobertizo donde Pocantante había estado escondida. Mac recogió el tazón de Pocantante y miró alrededor del cobertizo vacío.

—¿Qué es esto? —preguntó. Agarró un libro polvoso y lo hojeó. El libro tenía manchones de huellas de garra en las páginas.

—Nunca lo había visto allí —dije—. Debe pertenecer a la señora Griggs. ¿Cuál es el título?

Mac cerró el libro y leyó el título en voz muy baja. Se llamaba *Cómo entrenar un perro ovejero.* ❖

Nota del autor

Tengo un viejo cuaderno de ejercicios en mi oficina, donde escribo ideas para cuentos.

Una plaga de ratones era una idea. Una historia situada en un expendio de comida para llevar era otra. Pero no podía pensar en una historia para ambas. Repentinamente me dije, ¿y por qué no unir las dos ideas juntas?

En ese momento *La garra* se materializó, pero sólo en las primeras etapas. Todavía no tenía una trama. Luego recordé algo que me sucedió hacía mucho tiempo.

Cuando era niño mi gato se enfermó de moquillo. Mi padre me dio cinco libras. "Llévalo al veterinario", dijo. "Si lo puede salvar con cinco libras muy bien. Si no, deberá ser puesto a dormir". Caminé ocho kilómetros hasta donde vivía el veterinario. Me guardé el gato en mi overol porque estaba lloviendo. Cuando llegué con el veterinario me dijo que no podía salvar al gato por cinco libras; por supuesto que me enojé. Usé este incidente en *La garra* pero en mi historia el gato sobrevivió.

El punto mas difícil fue tratar de pensar en un final que engañara al lector. Me tomó un tiempo pero finalmente pensé en algo. Espero que haya funcionado con ustedes.

P. J.

La garra, de Paul Jennings,
núm. 90 de la colección A la Orilla del Viento,
se terminó de imprimir y encuadernar en junio de 2009
en Impresora y Encuadernadora Progreso, S. A. de C. V. (IEPSA),
calzada San Lorenzo 244; 09830 México, D. F.
El tiraje fue de 3 500 ejemplares.